美人魚

MEIRENYU

时晓 著

百花洲文艺出版社
BAIHUAZHOU LITERATURE AND ART PRESS

图书在版编目（CIP）数据

九
章

ESSAY IN NINE

文艺风范 花洲九章

美人鱼 / 时晓著 . -- 南昌：百花洲文艺出版社，
2022.10
ISBN 978-7-5500-4782-2

Ⅰ . ①美… Ⅱ . ①时… Ⅲ . ①诗集 – 中国 – 当代
Ⅳ . ① I227

中国版本图书馆 CIP 数据核字 (2022) 第 176697 号

美人鱼

时晓 著

出 版 人	章华荣
策划编辑	朱 强
责任编辑	杨 萍 田 瑞
书籍设计	朱嘉琪
出版发行	百花洲文艺出版社
社 址	南昌市红谷滩区世贸路898号博能中心Ⅰ期A座20楼
邮 编	330038
经 销	全国新华书店
印 刷	江西省和平印务有限公司
开 本	710mm×1000mm 1/16 印张 14
版 次	2022年12月第1版第1次印刷
字 数	150千字
书 号	ISBN 978-7-5500-4782-2
定 价	52.00元

用尽词汇，只为完成自身的洗礼

——序时晓诗集《美人鱼》

时晓，无疑是一位才女。

这位出生自皖北的知识女性，对日常生活的观察、感悟、提炼、判断的能力，不仅体现在她发表于诸多文学期刊上的小说里，也同样蕴藏在她钟爱的诗里。读了这本《美人鱼》你会知道，她骨子里是一位诗人。

就内容而言，作为主妇、母亲、女儿、白领的诗人，可想而知其诗生活气息必然醇厚。将生活的感悟再上升一步，即是来自生命的体验；将日常的琐屑过成句读、过成诗行，便是大多数女诗人的共性，时晓也不例外。

"它们仿佛懂了 / 各自以生命的形式 / 与我对话"，在《新枝》里诗人欣喜于植物的新绿；"我指指楼下的海棠对它说 / 快去那里采蜜吧 / 我不是你的花"，《正午时分》里诗人与蜜蜂在聊天；"曾经平淡无奇的日子 / 每一个都如此闪亮"，《平淡无奇的日子》告诉你，只有在疫情期间，人们才真正感到每一个日子都是不可多得的宝贵时光。"听一听 / 飞机路过我家屋顶 / 听一听 / 今天看过的书，走过的路 / 在心里留下的回声"，"我正从一个房间到另一个房间 / 试图把频繁涌起的往事 / 集中隔离"，《听一听》《凌晨两点的时候》都是此类诗——日常生活里的碎片，通过诗人的观察想象，转化为富有生命力的个人诗意表达。

对爱的追求、理解、回味与咀嚼是时晓诗歌的另一主题。当然，这个主题与前面说的"日常生活的体验"是有重叠的，这里强调的是其"爱情性"。"若知那一别 / 竟成永远 / 我情愿将那长生药 / 让与蓬蒙"，这里到底是嫦娥说的，还是自己的心声？"你必须自己打破囚笼 / 走出困境 / 因为你所能遇见的爱情 / 都是遇见另一个自己"，《酒吧里》通过所见而感悟爱情。"潮水隐退 / 我的拳头久久舍不得打开 / 以为手里还紧握着 / 你的长发"，出自《美人鱼》的诗句，让你能读出揪心的不舍。同样在《旧桃树》里，诗人以比兴的表现手法，提醒人们要珍惜眼前所爱，"桃花落了 / 明年还会再开 / 爱过你的人 / 走了就不会再回来"。还有《切肤之爱》里的"有一些爱需要独立命名 / 比如 / 切肤之爱 / 与相依为命"。诗人用朴实的语言，道出基本的常识，而真正能懂得的又有几人呢！还有"时而热烈，时而温柔 / 像一个女子细密绵长略带狡黠的 / 爱"，这样的爱，是一大批八零、九零后女子的缩影。她们在这个看似平和实则艰难的世道上行走，努力地生活着，保持袅娜的步态，最可喜的是她们一直都未曾失去对美好的向往，对世界的热爱。但是，世事难料，"还没有像样地热过 / 夏天就没了 / 像一个人 / 还没有好好爱过 / 就老了"（《立秋》），"在那仓皇的日子里 / 我曾经用尽悲伤 / 的词汇"（《赦免》），"这

一年来 / 很多时候 / 我是在面对一场场 / 泥石流"（《这一年来》）。生活的磨砺在这样的诗句里露出闪着寒光的锋刃。

而最让人欣赏的，还是诗人对这个世界、对人性的洞察、认知，这是区别于一般"小女人"层面的亮点。比如"爱过的恨过的 / 即使面对面我们也无话可说 / 裂口越来越大 / 人群面目不清"（《梦》），还有这首《谋》，以极简而生动的语言，道出了诗人对生活、对生命的彻悟，这些智慧的结晶具有强烈的理性思考在其中。

谋

热爱 k 线
因为那是离资本最近的地方
热爱文学
因为那是离心灵最近的地方
将生活删繁就简
人生不过是一场场谋划
每一场谋划
不过是
谋生与谋爱

许多诗里的细腻情绪、清醒认知、悲悯情怀、开阔的视野，都展现了诗人不让须眉的开阔胸襟与济世追求。"庆幸自己得以以体面的方式 / 见证这场灾难并最终守得云开 / 而那些因为次生灾害失去生命的人们 / 永远留在了壬寅年的春夏之交"（《解封了》），"想

说一声别来无恙 / 唇齿未启 / 泪腺与故乡的圩坝 / 一同决堤"（《庚子年》），"朝代只是一块幕布 / 从尧舜 秦汉 到明清"（《如果有轮回》）；"大水漫过我的床帏 / 我的心和受灾的房屋 / 一同摇晃"（《庚子年》）；"村里的狗都闭上了嘴 / 它们无所谓自由与正义 / 也不在意 / 被禁言的痛苦 / 只是看主人的脸色 / 相时而动"（《疫情下的午后》）。这样关注社会，关注时代的诗在这本诗集里不在少数。下面这首《除夕》所书写的境况，是在"鞭炮声中 / 迎来了别人的新年"，而在这个无眠的、悲催的夜晚，诗人时晓在做什么——

鞭炮声中

迎来了别人的新年

我还活在旧岁里

静默而立

我怕

一开口

就想流泪

像汉口的江水

日夜呜咽

我甚至不敢作揖

我怕

身子稍稍一倾斜

就有悲伤从我的肩头

纷纷滑落

这个除夕注定要载入史册的，而此刻的你在想什么？如果不是信息来源单一，是否也有诗人这样感同身受的大爱？还有一首《江山》，更是显示出诗人时晓对这个千年不变的社会体系与文化内涵的洞察与深悟：

有人立碑

有人封禅

有人在史书里

泼墨挥毫

一代代帝王

以无数方式做下标记

这江山，是朕的

江山笑而不语

以一次次律动

完成对自身的洗礼

像成年人抹去

孩子的涂鸦

这是难能可贵的清醒表达，精准而自然。结尾以诗化的语言道破天机，看穿了一个族群看似文明实则丑陋的恶俗与定律。其中"江山"蕴藏着人性的、政治的、哲学的意义，诗人用简洁的白描手法融合象征、比喻等修辞，将其中无比深刻的道理揭示得淋漓尽致，具有振聋发聩的现实意义。还有《卖菜的老奶奶》《卖菜的孩子》等，诗行里满溢着诗人对底层民众、对弱势群体的关注与悲悯。

时晓的诗里，还有许多自我思考、自我判断、自我表达的，富有个性的句子。从这些作品里能够看到她内心的敞亮，不逃避、不隐瞒、不跟风、不做作，在"新时期新环境"下，这样的诗更具有可贵的品质。比如《敌我》《来不及》《春风》《立秋》等等，都有个性化的思考与呈现，为这部诗集增色不少。

　　作为从偏僻农村走出去的八零后，时晓对故土、对乡亲的爱是无法割舍的。她有大量诗篇是追忆儿时的："想起我的母亲／生了六个孩子／年老后常被妹妹指责偏心／一次次哽咽着／忍住眼泪／直到妹妹也成为母亲"（《母亲》），"我的父亲／一生都在反美／一有空就教育他的子女／好好爱国／指着家中的门牌／上面写着／"光荣之家"（《父亲》）……这些，是她诗歌的根基，是她精神的原乡。读了这些诗，你能完整地看到她的成长历程，其完全符合笔者曾提出的"用诗歌记录生命"的理念。她的真，使诗歌品质自然有了令人羡慕的成色。

　　上述四个方面，基本上概括了时晓诗歌的主题。就写法上看，时晓的诗不会因遮掩而虚空，也不会因高蹈而扭捏作态。一切源于自然，收于自然，坦露或裸露的内心世界如何富有诗意，这是她每次写诗的难题。所幸的是，她找到了自己的路子。

　　首先从她一部分意象浓稠的诗里，能看到她一路走来写诗水平的最高境界。这是她自觉不自觉地在运用现代诗歌的几项法宝，使得诗意浓郁。加之她向内思考深沉，多角度的思维触角，让意象的多重意蕴自然而妥帖，混合而有序。比如那首《美人鱼》：

夜如潮水

携一场梦潜入深水

游移 沉醉 战栗

为途经的每一片海藻

摊开手掌

你款款而来

一如当年

当太阳升起的时候

潮水隐退

我的拳头久久舍不得打开

以为手里还紧握着

你的长发

还有《鱼尾裙》：

在 H Z

被一些人一些街道浏览

都说是天书

每页都加了密

谁能知道

无法抵达是一种苍老和碾压

天有些矮

城市的一角在蜷缩

其实它在细细地爱

有如流沙

一粒一粒数着你的心

你的鱼尾裙是不是压到了箱底

她感到了诸多木质的体温

还有可以游弋的梦

高速是慢的

今晨想到了下午五点零三分

想在她的前面带路

然后共同游出那个矩形

再到你第一次经过我的地方

　　这些诗想象奇巧，意象丰盈，混搭描摹，营造出浓郁的诗意。这些作品具备了优秀诗歌的品质。

　　其次，时晓善于抓住某个瞬间，捕捉一种情绪、一个念头、一个场景，配上她奇特的想象、细密的思考，使句子简练而跳动，自然又清新，将常理上升为哲理。这样的短诗在她诗集所占比例较大。它们代表了诗人在一个写作时段里的诗学修养和成长烙痕。这正是前面所说的将敏感而细腻的观察思考能力，付诸写诗的实践。比如《夜空》，以星空与人间的对应，揭示事物的本质；《母亲》一诗找准了人与物的相似点，辅之以现实与回忆的交织，从而催生诗意；《梦》里的奇特场景，令人浮想联翩；还有前面列举的《江山》，以及《放风筝的人》《黎明》《失眠》《雨》《爱》《醉酒》等等一大批有着精深思考，奇异想象的诗。《太阳升起来》，揭示一个生命哲学的实质：每一天都是新的，规律永恒。该走的让它走，该来的必会来，你不能把生活怎么样，唯一要做的是你必须摆出姿态。时晓的姿态就体现在她的诗里。

　　时晓另一类叙事诗，喜欢在诗里营造氛围，让人感觉是泥沙俱下的宣泄。但在精准凝练为特色的诗歌语境里，这样做无疑是危险的。从另一方面看，诗句里的冲击力往往不是那些精致细微的语言所能达到的，就像泥石流与一股潺潺涓流的相比。尽管过多叙事与宣泄会影响诗性的营造，但也不应该对此类诗歌一概否定。我们读过的许多诗，都不是靠技术设置的浓稠意象取胜的；而是全凭主旨结合时下的热点或者情绪加以叙事，对应人们此刻的情感和精神诉求，再加上贯通上下的气势，如虹地冲击着读者的灵魂。于是共鸣产生了。当然，这不是赞美"泥沙俱下"的写诗方式，在某些时刻、某种场境下，气脉比其他更重要。时晓诗里显然是有这样的状况存在的。比如《下午三点五十分》《致婆母大人王汝珍》《写给西汉的陈汤》等等。毋庸讳言，这些叙事诗是需要审视的，存在需要诗人警惕的散文化倾向，但无论如何其中必有可取之处。诗人在今后的诗歌创作中，用心拿捏、把握、完善之后，定会为诗坛呈现更多优质的诗篇。

　　《美人鱼》收录了作者一百多首诗，最令人欣喜的是这些诗歌都是诗人在场的、都是及物的，是智性思考与丰富联想相统一的。诗人对于世界的判断与命名，充分融入了自身的生命体验，因此构造了诗人独特的"至真至诚"的诗风。许多优秀的诗句已经展现了诗人扎实的诗学基础。作为安徽同乡我衷心祝愿她在诗歌创作的道路上，走得更远。

　　是为序。

对于美的追求存在于每个人的心中。

时晓发给我她的诗集《美人鱼》，让我谈谈我阅读的感受。我把这本诗集反复阅读了多遍，试图捕捉她那些涉猎广泛的诗篇所共同拥有的精神内核。随着阅读的不断深入，我终于从她的诗中找到了。那就是她在《姐姐》这首诗中写到的她对姐姐说的话：

亲爱的姐姐
这本诗集里只写了一个字
就是你在最美的年华里奉献过的
那些无私的爱

时晓触摸到了诗的真谛，她用她一千多个被感动的日夜书写成的这本诗集，告诉了我们诗是什么。

这本诗集的篇尾是《认领》这首诗。她在诗中写道：

看云

看海

看世间繁华

在最好的年月里

择一段光阴来虚度

关照一根乱发的感受

给途经的每一片土地命名

赋予每一场苦难以特殊的意义

让所有失魂落魄的日子

让惊慌失措的你

因为有了认领

重新变得从容

这首诗是对诗的最感性而精确的定义，是从诗的生发、诗写对象、诗歌存在的意义等诸多方面对诗进行的感性定义。是比许多诗学理论更精确、更直观、更诗意的表述，也是她自己写诗实践的精神写照。

正是由于时晓触摸到了诗的真谛，她的诗才会不拘于某种框框，才会变得自由，使她的诗变得千姿百态，使她的诗涉猎广泛，使她的诗从日常写作进入思想的深层次，从文字深入到丰富的精神世界。

时晓在一首命名为《诗意》的诗中写道：

看了一些诗歌评论

那些赋与画，象征与主义

当我试图从理论与技巧的层面

找寻诗意

变得更加无话可说

人间的各种疾苦

使我词穷

我想，这是时晓诗歌写作过程中对诗歌精髓进行探索的一种切身体会。真正的诗意并不是存在于那些诗歌理论总结的各种修辞手法，或写作技巧中。一切诗歌理论都只是对已有诗歌特征的分析、归纳和总结，它们虽然具有一定的指导意义，但同时也是对诗人诗歌写作的羁绊。一个诗人如果以诗歌理论告诉的条条框框去写诗，一定写不出有自己独特感受的诗，当然也很难写出能够真正打动人心的诗。真正的诗意存在于生活中，存在于诗人对于生活的细微感受和思考中，存在于我们向往的生活之美和人间疾苦中。

正是因为时晓认识到了这一点，她的诗才能够突破已有的关于诗歌理论的条条框框，进入自己精神的自由王国。

时晓说她的这本诗集只写了一个字——"爱"。这是确实的。

这本诗集中的任何一首诗，我们都可以归结为是关乎爱的。或大爱，或情爱，或对家国故园之爱，或对我们脚下赖以生存的这片土地的热爱，或对人类和自然之美的爱。

由爱而生悲悯，甚至生恨、生怒、生孤独。她把所见所闻所感诉诸诗行，为我们呈现了我们也可以感觉但却未能清晰感知的世界，呈现了我们也具有的想表达却又无法清晰表达的我们自身的情绪波澜。她用她的悲悯激发我们已经麻木的悲悯之心，从而对这个世界多了一份良善与感恩。

她用她的深刻思想让我们多了一分化解苦难的勇气。她用她细致入微的观察让我们看到诸多令人感动的瞬间。她用诗行定格一帧帧动人的画面，让我们感受到生活中被忽视的那些美好。她用诚实的笔把停留在我们日常生活中的那些世俗的东西揭示出来，既让我们感受到它的合理存在又给予我们反思后的启迪。她用她的诗告诉我们，美存在于敏锐的感知中，诗就在我们身边，而不在远方。

她多次写到露德圣母教堂的钟声，读者千万不要误会，以为这是在写国外的某个地方。从她的文字中我知道，这个教堂就在她居住地附近，在上海浦东的唐镇。教堂的钟声已经融入了她的日常生活，成为她诗意栖居的一部分，成为她精神世界的一部分。

她在《正午时分》中写道：

我在阳台上坐着
露德圣母教堂里的钟声
敲响了十二点
自从知道大钟曾经被毁
是靠着扩音器在传播

那钟声来到我身边就带上了淡淡的忧伤

这首诗表面上只是写一种感觉，实际上却蕴含着深刻的社会思考；这些思考轻描淡写地化入了一种"淡淡的忧伤"，实则引领我们进入更深的反思，具有一种启示的力量。世界上总是有些东西被毁掉，但也总有些东西是毁不掉的。露德圣母教堂里的大钟可以被毁掉，那携带着人类文明印迹的深入人心的钟声却是毁不掉的。经历过历史磨砺之后，一些残缺之美更具有打动人心的力量。

时晓是一个有大情怀的诗人，她极少将自己囿于一种狭隘的小我中，她的诗都来自日常生活的细微之处，却总是能够融入她对社会问题的关注与思考。有些诗是她因社会问题产生焦虑的产物。比如《一个叫海瑞的人》，可能是她在看关于大明王朝的历史古装电视剧时有感而发。她透过屏幕看到的是"衣角下掩藏的饿殍遍野"，而让她感动的是"一个叫海瑞的男人"。她的诗写得隐忍含蓄，含蓄到只有一句"一个叫海瑞的男人 / 使我 / 一次次热泪盈眶"，借助历史，这一句足以表明她的心迹。时晓对于历史有着清醒的批判性认识，她在《如果有轮回》中写道："朝代只是一块幕布 / 从尧舜秦汉 到明清 / 登台的人 / 一路表演 / 更换名字和服饰 / 你我 / 还是旧朝 / 恭顺的子民 / 明天和下一个朝代 / 以及 / 我们的新身份 / 都在赶来的路上"。这些凝练的文字极其深刻地反思了我们的历史，并批判性呈现了我们的劣根性。兼具批判和启蒙意义，这在当下是难能可贵的。尤其结尾部分，她找到了一个完美的契合点，使诗性和历史批判性完美融合，让这首短诗具有了足以碾压一部充斥戏说的无聊电视剧的分量。她读史、读中外文化，而她笔下更多关注的是当下，是身边的现实世界。她的批判性思维是基于对生活、对普罗大众、对脚下这片土地深沉的热爱。

时晓的大爱还体现在她的悲悯情怀上。在《伪命题》这首诗中，时晓揭示了一个重要现象——"街道川流不息，究竟哪些人在离去"。她说"就像每天都有大量的鱼被捕 / 大海仍旧是大海""那些遭遇不幸的人，那些悲伤的，无助的，凄惶的脸 / 究竟该停下来大放悲哭 / 还是应该打起精神，奔赴下一场"。时晓始终关注底层人民的疾苦，她的许多诗都带着这样的悲悯情怀。她在《夜色》中写一个在斑马线那头抱着孩子一边等待一边哭的女人，没有人关心她为什么悲伤。她写了《卖菜的老奶奶》，生动形象地刻画一个底层老人的喜怒哀乐，让人读着心酸。她在《写给鲁迅》这首诗中，仿佛与鲁迅是多年的知己，她懂他笔下那些小人物，她和他侃侃而谈，她对鲁迅笔下的小人物了然于心，她的悲悯情怀是与鲁迅相通的。

诗是词语的舞台。时晓对词语是敏感的。在时间的河流中，每一个时期都有属于它自己本质特征的专用词语，这些词语无论怎么使用都会彰显那个时期的社会风貌，打上那个时期的特殊印记。这些不同时期的词语的恰当组合，就足以构成各个时期的时代特征和历史记忆。

时晓在《凌晨两点的时候》中写道："我正从一个房间到另一个房间 / 试图把频繁涌起的往事 / 集中隔离"。这"集中隔离"一词的妙用，就为这首诗打上了鲜明的时间标记，为人们理解这首诗所表达的情绪提供了重要背景线索。每个人都是社会中的人，每个人都是社会事件的鉴证者。而诗人不仅仅是社会事件的鉴证者，更是社会情绪的记录者、呈现者，他们同时也是社会症状的把脉者和社会出路的探索者。

诗人的语言是最能探触到社会整体情绪的敏感神经的。时晓的诗便是社会情绪的敏感探针。她在《敌我》中写道："呈冠状的病毒为主谋／而从犯密布／有些呈人形，有些呈正字／有些说着好听的话"，短短数语，将疫情期间纷繁缭乱的世态万象深刻揭示出来，不仅具有当下性，而且具有前瞻性，为未来留下珍贵的历史反思线索。

非常可贵的是，时晓的诗是开放性的，能为读者留下更多的直觉感受和深度思考的空间。同样在《敌我》这首诗中，她是这样描述的"我们时而感动／时而愤怒／像幕布上的皮影／无从选择伴奏的／乐声"。时晓通过营造意象将特殊时期的社会情绪律动准确凝练地呈现出来，并给出一种开放的感觉途径，让读者获得开放式社会情绪体验的感官享受，而不会陷入某种狭隘的结论式的接受模式——这也是诗的魅力。

对于时晓来说，诗是她的精神写照。一个人追求什么，她的笔下就会呈现什么。对于物质生活已经得到大大满足的她来说，对于精神高度的追求变得尤为重要，正如她在《暴雨之夜》中写的那样：

今夜

暴雨如注

我在寻找我的船

这是她这本诗集中最短的一首诗，我却认为，这是她精神境界最浓缩的写照。生命就像一个个暴雨之夜，在黑暗中经受风雨的冲刷，而诗人则一直在这样的暴雨之夜，寻找渡往彼岸的船。

　　于是就有了那么多瞬间被记录下来，那么多感动被记录下来，那么多沉思与冥想被记录下来，那么多悲愤或者忧伤被记录下来，那么多梦被记录下来。这就是摆在你面前的这部诗集——《美人鱼》，你看，她正款款向你"游"来。

红力

诗集自序

对于一个立志要当小说家的我来说，写诗是一个偶然事件。2018 年年底我参加了省文学院举办的青年作家研修班，听了江弱水教授以及陈先发老师的诗歌鉴赏课，对诗歌产生了浓厚的兴趣，回来后我又专门买了江弱水的《诗的八堂课》，认真研读了一遍。然后我给《安徽文学》的主编李国彬老师打电话，请他给我讲讲诗歌的入门基础知识，他在电话里以一些经典的诗歌为例，深入浅出地剖析了诗歌的基本框架与创作手法。我就这样仓促地上了写诗之路，并且养成了每天读诗写诗的习惯。

此后，我又研读了大量国内外优秀诗人的作品，并搜索了市面上可以搜寻到的所有诗歌理论和创作技巧相关资料，自己进行一番恶补。

有一次和一个文友聊天，聊到为什么会喜欢诗歌时，我说，感觉诗歌像一种信仰，灵魂因为有它而有了依靠，因为有它而无所畏惧，它使痛苦、悲伤、孤独、失意成为美学，因为有它，纵使落魄潦倒，仍旧可以遗世而独立。小说是写给别人看的，而诗歌是写给自己的，在写下的那一瞬间，就得到了回报与满足。

　　这本诗集，收录了我从 2019 年 6 月到 2022 年 8 月创作的大部分诗歌作品，质量可能参差不齐，但是它记录了我在诗歌创作方面的成长。同时，过去这三年，既是新冠疫情暴发的三年，也是我的生活遭受重创的三年。可以说，是诗歌陪我度过了人生的低谷，在最艰难无望的日子里，我用读诗和写诗来完成对自己心灵的救赎。这本诗集，既是对过去三年诗歌创作的一个总结，也是对过去三年生活与情感的纪念。

时晓

2022 年 8 月于上海

目录 | contents

赦免

从一场浩劫中走出
我重新种下蔷薇、月季、迷迭香
还有黄色的玫瑰

蔷薇和月季用来装点篱笆
迷迭香用以驱蚊
而黄玫瑰用来赦免
你们的罪

在那仓皇的日子里
我曾经用尽悲伤
的词汇

今后
愿你们在深夜里失眠
祷告 自省
而属于我的生活
日日是好日

小满

作为一个农民的孩子
我曾经是多么厌恶
土地

拼尽全力逃离
与之划清界限
把名字从广袤的大地
迁到城市的鸽子笼里

如今我的手里终于
寸土不留
脚下踩过的每一条小径
都写着别人的姓氏

在这个小满时节
已经没有一处
是属于我的麦田

立秋

还没有像样地热过
夏天就没了
像一个人
还没有好好爱过
就老了

疫情，洪水
江南漫长的梅雨季
让春耕秋收的寻常愿景
成为奢望

这个戾气十足的庚子年
关于秋
我想到的竟是飒飒西风
满地落花
甚至 秋后算账

好在
还有八月桂花香
你忧郁的眼神
低吟浅唱着
尘缘如梦

庚子年

大庹之年

城邦，人心

皆成孤岛

我是怎样目睹

一场场小别成为阔离

庄周梦蝶，而我终于

邂逅了你

想说一声别来无恙

唇齿未启

泪腺与故乡的圩坝

一同决堤

大水漫过我的床帏

我的心和受灾的房屋

一同摇晃

原谅

一觉醒来，天灰了
窗外有此起彼伏的鸟鸣
一如既往

一如既往的还有
每天在南院门口落下的
一地白色粪便

因那歌声里的清醒与自由
我一次次原谅它们
偶尔的失态
有时用高压水枪
有时用一场雨
而此刻
我用一段分行的文字

美人鱼

夜如潮水

携一场梦潜入深水

游移 沉醉 战栗

为途经的每一片海藻

摊开手掌

你款款而来

一如当年

当太阳升起的时候

潮水隐退

我的拳头久久舍不得打开

以为手里还紧握着

你的长发

鱼尾裙

在 H Z

被一些人一些街道浏览

都说是天书

每页都加了密

谁能知道

无法抵达是一种苍老和碾压

天有些矮

城市的一角在蜷缩

其实它在细细地爱

有如流沙

一粒一粒数着你的心

你的鱼尾裙是不是压到了箱底

她感到了诸多木质的体温

还有可以游弋的梦

高速是慢的

今晨想到了下午五点零三分

想在她的前面带路

然后共同游出那个矩形

再到你第一次经过我的地方

写给浦东唐镇的诗

布谷鸟的叫声

忽远忽近

它应该是来自

华夏野生公园或都台浦沿岸

那水草丰沛之地

让我想起唐镇的近代先贤们

曾如何在这片土地上

于路德圣母教堂的第一声晨钟里

起床，梳洗

开启一天的生活

男人耕种，渔猎

女人纺织，酿酒

少年在先生的监督下

诵读诗书

小一点的孩子，有的提着网兜，有的追着白鹭

更幼小的孩子

匍在母亲怀中

睁着亮亮的小眼睛

吃一口奶

就停一下

听一听外面的动静

玫瑰的虚荣

同时进入家门后

放在洗手间的玫瑰

只几天就枯萎了

面庞低垂 形容枯槁

像失意的人

受尽冷落后

放弃了向上的信念

而放在客厅和书房的玫瑰

依然娇艳动人

我不禁怀疑

难道玫瑰也有一颗虚荣的心

（有时也叫上进心）

想要更大的空间

更清新的空气

更优雅的环境

更多展示的机会

谋

热爱 k 线

因为那是离资本最近的地方

热爱文学

因为那是离心灵最近的地方

将生活删繁就简

人生不过是一场场谋划

每一场谋划

不过是

谋生与谋爱

阴影

儿子害怕虫子

哪怕是很小的小飞虫

我对他说要勇敢一点

他说

其实本来不怕虫子

就是那次去浙江爬山

在山坡上遇见很多很多虫子

之后

就给虫子留下了阴影

我纠正他

是虫子给你留下了阴影

他说

不

是彼此给对方留下了阴影

因为每看见一只虫子

我都想要拍死它

这一年来

装修以来

我的大脑装满了

沙砾和泥土

我想起那些工人诗人

如何一边在工地 挖沙

一边写出 动人的诗句

而我只要一点风吹草动

就像受惊的兔子

惊慌失措 诗意全无

更何况 我面对的

何止是沙砾和泥土

这一年来

很多时候

我是在面对一场场

泥石流

题 2020 年元宵节

己亥年末

人间兴起大狱，据说

是长了翅膀的老鼠在

趁机作祟

用一场瘟疫宣示

主权

高高在上的人类，阵脚大乱

尘世遍地为牢

我们从此各自囚禁

当生如草芥

哭泣与忧愁都是一样的廉价

当诗歌被广泛用于高歌

细微的呼救声被悄悄地掩盖

摊开的手掌

总是空无一物

昔年红红火火的红灯笼

在今天的暮色中

摇摇晃晃，成为幻影

诗意

看了一些诗歌评论

那些赋与画，象征与主义

当我试图从理论与技巧的层面

找寻诗意

变得更加无话可说

人间的各种疾苦

使我词穷

眼皮不停地跳动

似乎想截流

那些急于涌出的泪水

走出房门

与阳台上一朵瘦客

四目相对

她粉嫩的，柔软的，美丽的

裸露的身体

对我笑着，毫无防备

几何折叠

儿子在一条围栏前停下来

把自己的身体折叠

变形

像在做一个折纸游戏

他认真地提示我

见证奇迹

没错

他轻易地说出"奇迹"这个词

让我想起麦克尤恩的《立体几何》

一个数学家提出一种理论

几何折叠可使人消失

爷爷的密友就是这样离奇失踪

男人最终成功地在厌恶许久的太太身上做了验证

如果真的存在这种折叠

我们会因此而自由

还是会更无助

也许一切照旧

行使折叠的权力在别人手上

就像此刻

乌云遮住了头顶的月光

又是七夕

人生苦短

而相思绵长

你途经的路上

夹竹桃从头开到尾

那些玫红、粉白

和当年一样妖娆

伴着陈绮贞的单曲

在这热气腾腾的初秋

晨光乍泄

只有我在悄然老去

新枝

我在阳台上种植的一株玫瑰

一夜之间开出六朵花来

其他几株瘦客与文竹

也悄悄展出了新枝

而在此之前

我除了任其自生自灭

就是宣告它们已濒临死亡

直到我终于弯下腰来

培土，剪枝，浇水

想象如果我也是一棵草木

它们仿佛懂了

各自以生命的形式

与我对话

童年

站在窗前

闻一闻雨水

淡淡的鱼腥草的气味

让我想起小时候门前的池塘

那是一场雨后，也许是雨前

大病初愈的父亲

穿着白色 T 恤坐在河沿上

面容清秀，那时他还值壮年

看着河道里

光着脚丫追赶的我

一条腾空而起的鲤鱼，与我擦肩而过

落入另一孩童的网中

一同落入的

还有我和父亲

欢呼的叫声

秋景

秋风渐浓

今年的风景和往年一样

桂花香满回家的路

大闸蟹乘着叫卖声高调上岸

滨江大道照旧有漫步的情侣

照旧有一只手与另一只手十指相扣

看不出是新人还是旧人

落日的余晖中

黄浦江沉默不语

把来来往往的情话、谎话和淤泥

一起沉淀在心底

等候两岸绚丽的灯光亮起

与之相配

等候

被优美、大气、典雅

这样的词语描绘

像那些死命保守秘密的人

老码头广场

这一年来

我总是想起老码头广场

那晚 烛光摇曳

一道道美食 缓缓出席

灯光亮起的地方惊起

多少羡慕的眼神

我那双细细的高跟鞋啊

跟随着你的大头皮鞋

踩在午夜的甲板上

奏出优美的旋律

那一刻

黄浦江两岸的楼宇

都止住了呼吸

疫情下的午后

死一般的寂静

白天和黑夜一样

村里的狗都闭上了嘴

它们无所谓自由与正义

也不在意

被禁言的痛苦

只是看主人的脸色

相时而动

黑与白

呈现不同的光

成为区分昼夜的唯一途径

我开始想念

广场上的人声鼎沸

那些年里，穿过人流密集的街道

款摆莲步

被陌生的少年搭讪

多年来

唐安路十字街口的商铺

用一只破旧的播放器

传出屡禁不止的清仓甩卖声

被一只蝙蝠打乱了节奏

月亮陪我散步

今晚，月亮圆圆的

可以看见隐约的桂树

如果再多一点想象

也许还有一只玉兔在远处

我一个人在小区里走着

月亮就在我头顶走着

当我停下来

月亮也停下来

我隐约听见了桂树的声响

以及玉兔的喘息声

哦

我忽然就明白了

它，不，是它们

担心我一个人

会感到孤独

想陪我一起散散步

又怕惊动了我

虞美人

那个来自西楚的女子

穿越汉唐 宋元 明清

一路风尘仆仆

来到华东这片锦绣之地

烟花（台风）过后

在铺满香樟叶的夜色里

独自缅怀

两千年前的明月

以及

那一场终结于垓下的战事

她离开的地方

一种叫作虞美人的花朵

从三月开到八月

此起彼伏地

惊艳着

故乡的每个春秋

突围

多日前

我把一包蒜头

搁置在一个隐蔽的角落里

没有水 没有阳光

只有隔离间一样稀薄的空气

只有层层藩篱一样的蒜皮包裹着

像那些被要求静默的人群一样

足不出户 安分守己

没想到它们竟然在悄悄地突围

长出一根又一根枝芽

柔嫩，清新

蜿蜒曲折之中

透着不屈的灵魂

像一群鸡仔破壳而出

像脱离母体的婴儿在挥舞着拳脚

带给我生命的喜悦与感动

我决定把它们种在盆里

与外面的空气同呼吸

与春天合为一体

以配得上

它们为自由与成长做出的努力

偶遇

在早秋的晨光中漫步

与一只白鹭偶遇

它一步三回头，看着河水中的倒影

像一个美人的揽镜自照

这孤芳自赏的意趣

成为打通我们之间的桥梁

我看它的时候

目光中就有了惺惺相惜

我继续走

与童年时皖北的一片草地偶遇

我早已认出它们

却无法用普通话叫出名字

我也曾将它们带回故乡的家

用来喂羊喂猪喂牛

如今我家中只有一匹喝油的白马

夜空

万郦广场 七彩的霓虹灯

比星河

还要璀璨

这是另一座夜空

风水轮流转

明灭之间

都有 不为人知的秘密

浦东外滩 有最绚丽的霓虹灯

东方明珠 被星河包围

天桥上人头攒动

每一道目光

都对应 一处人间的灯火

在夜色里 静坐

一本书 一杯茶 一盏灯

翻开的书页 执拗地欠着身子

不肯服帖

有年少时的轻狂

马路上

急于归家的车辆

迎着路灯 一路狂奔

驾驶座上 燃着

一团 思念的烈火

一首诗的背景

多么欢喜

在这样寂静的夜

坐在庭院中

泡着美女同学寄来的

六安瓜片

在淡淡的香气里

与一首诗相遇

与作者的心灵相遇

与这首诗诞生时的情景相遇

在这场相遇里

眼前的世界成为背景

在这背景里

没有分离和纷争

没有哭闹和禁闭

我还年轻着，依旧有明媚的容颜

没有因为那些不幸而变得

冰冷　麻木　暗淡

偶尔有一只蚊虫来打扰

我也原谅它

透明

"雪碧宣布永久放弃绿瓶"
一条新闻突然弹出
我念了出来

"啊
以后要换成透明的了"
六岁的小侄子说

我说，雪碧本来就是白色

"不对"
他接着说
"透明不是白色
透明可以是任何色
因为它穿透所有"

无题

这场雨，来路不明
却让一些散落的花朵加速枯萎
过早地被碾成泥

天边的云，都乱了次序
仿佛掉队的羊群
失去了牧羊人

橱窗中的华服
按捺不住地张望着
对每一个观者
眉目传情

尘世残酷
却无法阻止路边的尘埃
前赴后继
做着飞翔的梦

午后惊梦

做了一个复杂的梦

有爱情，有友情，有敌情

有深情的守望

有默默的陪伴

有横刀夺爱

我在梦里哭得撕心裂肺

直到把自己哭醒

发现一切照旧

就像那些穿越的人，历经磨难

回到了现实

也有一种可能

就是我的灵魂

趁肉体熟睡的时候，悄悄溜出去

探寻了另外一种人生

得道者

时常有人要跟我炒股
他们看我的眼神
仿佛我身怀绝技却不肯传授

江湖险恶，股市尤甚
非天赋异禀或身处绝境者
不建议介入
我一般这样婉拒

多年来
跟我入股市的唯一得道者
是十年前的一位密友
我们于失联七年后重新取得联系

还记得你以前教我炒股吗
她说
后来就入行了
现在一家私募基金
是一名资深的市场分析师

陪读

此刻，我正面对一堵墙坐着

那墙里有我最爱的人儿

只有为了他

我才可能甘心这样

用黑色口罩遮住年轻的容颜

在人群中寂寞地坐着

使得美丽的长裙和绣花鞋成为

废弃的道具

只露出炯炯的目光

警惕门口可能出现的可疑人

关注逃生通道

各种频繁出现的突发事件

使我像一只焦虑的母鸡

忘却那些美丽优雅的事物

随时准备着

为了一只幼仔拼尽全力

小 M 与普鲁斯特

小 M 每晚睡前都要我去他房间三次
一次倒水
一次帮他调整睡姿
一次关灯
每次免不了向我索要一个吻

太作了
我们都这样觉得

当我读《似水年华》
当我看到马赛尔每晚睡前都激动地盼着
妈妈上楼看他的脚步声
盼着妈妈能够多吻他一次

哦，我的小 M
原来他有着和普鲁斯特一样细腻的情感
但愿他还有和普鲁斯特一样的才华

等待

黄昏一点点地到来

准备跳广场舞的人群

尾随其后

分流到各个广场

迫不及待

如香樟树上歇斯底里的蝉鸣

一场暴雨过后

晚霞满天，秋意渐浓

我和我右侧的那把大提琴

目送着一场场北雁南归

等待

为你奏响回家的旋律

纪念"跟上"哥哥

读海子的《村庄》时

我想起那位小堂哥

他比我大两岁，也许是三岁

他很怕热

在童年时的夏日

喜欢光着身子

走在我家门前雨后的麦场上

一边走，一边踩水坑里的水

他吃奶吃到上小学

出门前总是站着靠在大娘的怀中

吃一口奶再走

使我等得不耐烦

他第一次打工回家的时候我读了大学

看着父亲从他手里接过七百元

给我凑足学费

那时他帅气十足意气风发

我曾经羡慕过他

希望有一天我也可以这样

慷慨解囊

数年后

一种奇怪的病将他还给故乡

如今他躺在一片田地里

与大娘比邻而居

我有时真的憎恨岁月啊

就这样把一个美男子变成

一块朽木

把一对母子变成

两堆黄土

把一双年轻的兄妹变成

阴阳相隔

这是没有办法的事

比如叶落　比如老去

比如人们互相依靠又互相伤害

春光早就去了

秋的影子还在故作姿态

弄出一副盛世的模样

山河浩荡啊

倒映着一张张疲惫的脸

多少希望的炭火

不停燃起又熄灭

在那人迹罕至的地方

铺天盖地的白

日复一日

演绎着一场场大雪纷飞

遮蔽着世间的破败与荒凉

初心

静静地打开一本书

这本书的作者

可能很著名，也可能是个新手

你也许认识，也许不认识

这都不重要，重要的是

这本书吸引了你

这真实的吸引使你忘记

那些仕途与功名，那些爱而不得

只为眼前的句子欢喜

如此纯粹

只有这样，才是回到了文学的初衷

才是每一个写作者的

与君初相见

与故人书

在梦中与年少时的好友
——相遇
失散近二十年了
以及那些又穷又乐的日子

那笑声就在昨日
那无助就在昨日
因为梦就在昨日
所以我把"像"字去掉

因为减肥
我重新拥有了旧时的体验
在脱脂的路上
身上那些多余的脂肪在分离逃窜
还我以饥饿之躯
回到昔日
得以与你们重逢
不 是与旧时的你们重逢

据说"脂肪"是有记忆的

会自动找回同一状态下的影像

与之匹配

我想"感觉"也是

多么忧伤

即使重逢我们也无话可说

多么幸运

在两手空空的日子

曾经拥有彼此

成为生活中的糖

如果你要写幸福

坐在北院的幸福树下

想要写一首关于幸福的诗

如果你要写幸福

就不能只写幸福

你要写冬天里温暖的火炉

写秋日里堆满谷物的粮仓

写恋人脸上会意的笑容

写春日里长满蔷薇花的房屋

写夏夜里清澈的明月

写大地一般博大的爱

写大海般对世事的包容

写风雨里的成长

写拼搏后的富足

写历经磨难后的勇敢

写看尽丑恶后仍旧怀抱善良的信念

写明亮的眼睛

写清秀的容颜

写妖娆的身材

写日益丰盛无惧老去的灵魂

在御樽苑的五楼

每天中午醒来

在御樽苑的五楼

长满蔷薇花的四壁之间

雕花角柱笔直耸立

像宫廷的守卫

今世注定做不成公主了

家中最后两个丫鬟

二十世纪被姑奶奶带走

至今杳无音讯

我从此自给自足

知书识礼

从不骄纵

每一双袜子都亲手洗净

拧干 抚平

连同那些年受过的

委屈与不公

煮茶

你有没有试着

在傍晚时分

点燃炉内的烛火

当夜色渐浓

烛火会越来越亮

像是那刚刚跌入山坳的光

在这里重新升起

没有风

烛火兀自摇曳着

像一个女子的独舞

它一边舞动

一边呼吸 喘息 倾诉

煮茶的人无动于衷

而壶里的水却听懂了

不停地翻滚 翻滚 翻滚

带动壶里的茶叶

纠缠 纠缠 再纠缠

终于合二为一

往外吐出

一缕一缕的香气

散步偶拾

今天早上我没有虚度

与夹竹桃 芙蓉 垂柳

——问好

和沈沙港的水流

阳光城的倒影

都打了招呼

那些通往幽僻处的小径

我也没有辜负

还邂逅了

一对捡银杏的老人

他们剔去果肉

留下果核

反复清洗

晾干

再从中剥出果仁

对我说

小姑娘你知道吗

这就是白果

可入中药

总有一些事物腾空而起

暮色降临

广场上的乐声升起

像某种仪式

压抑的情感，也许是情绪

在一曲一伸之间

释放

遥想当年

今日早已废弃的锅炉

也曾浓烟滚滚

伴着激昂的旋律

总有一些事物腾空而起

而我

是人间的看客

目睹着

旧人 旧事 旧物

在时间的长河里

飞升或湮灭

2020 年 8 月 3 日的夜

今夜

我注意到

月亮

执着地跟了我一路

一想到

它从不厚此薄彼

我的心就亮了

管它天之涯

知交零落否

我们有共同的明月

伪命题

街道，川流不息

我注视着人群

究竟是哪些人在离去

我无法分辨

就像

每天都有大量的鱼被捕

大海仍旧是大海

当励志鸡汤成为主流

那些遭遇不幸的人，那些悲伤的、无助的、凄惶的脸

究竟该停下来大声悲哭

还是应该打起精神，奔赴下一场

人生苦短啊

辜负与不负，都成了伪命题

袭击

一只苍蝇趴在洁白的桌布上

像一块黑色的污渍

几乎没有思考

我迅速地举起了手掌

用恰到好处的力度

对它进行了精准的一击

它一动不动了

面对一只濒临绝境的苍蝇

我淡定下来

先用免洗酒精洗了手

然后慢慢地从纸盒里抽出一张纸巾

我想尽可能轻轻地

用一种较为优雅的手势

把它包起来扔到垃圾桶

好让我的桌布仍然保持整洁

当我准备好这一切

那只奄奄一息的苍蝇

倏地

在我面前

飞走了

切肤之爱

给一条鱼开膛的时候

我想到了剖腹产

想到十级疼痛

与十月怀胎

从而相信

母爱与父爱之间

有一些爱需要独立命名

比如

切肤之爱

与相依为命

解封了

上海将于六月一日解封

这次是真的

三月底小区门口的超市老板确诊

作为时空伴随者

我也曾紧张得收拾好行李箱

主动在二楼卧室自我隔离

出房间就戴上口罩

不敢与家人亲近

每天都

如履薄冰

直到日复一日的核酸阴性

才逐渐放下绷紧的心弦

从初试春装到衣衫渐薄

庆幸自己能以体面的方式

见证这场灾难并最终守得云开

而那些因为次生灾害失去生命的人们

永远留在了壬寅年的春夏之交

壬寅年五月二十五日

据说可以偶尔出小区了

可是有什么意思呢

外面空荡荡的

昔日繁华的大上海

如今像一座荒原

镇与镇 区与区

仍然隔着巨大的鸿沟

我仍然无法将那包换洗衣服

送给困在浦西的那个姑娘

五月底了

她身上还穿着初春的服装

黄浦江的码头还在

却没有船长

也没有船员

只有一群一群的流浪狗

目露凶光

盯着日益茂盛的野草丛

那些奔跑的地铁和公交车

穿过夏日的午后

格外孤独

走亲戚

今天要去二姐家吃午饭

这是解封后第一次走亲戚

一早就起来做核酸

然后吃早餐

梳妆，换衣服

太久不出门，竟有些手足无措

挑来挑去，最后挑了一件平时最常穿的衣服

据说，一件衣服穿得久了

就会形成独特又与你熨帖的气质

二十分钟车程，高架上车不多

外甥女在小区门口接车

刷卡上楼

二姐已经准备好丰盛的午餐

五妹一家已先我们到达

小 M 和悠悠一见面就嚷作一团

争鸡翅 争可乐

一片欢乐气氛

饭后他们打麻将

我在旁边翻看一本诗集

听着耳边这久违的尘世喧嚣

感觉格外祥和

刚刚过去的两个月，像临时客串的一部

灾难电影

希望拍摄期间那些死去的人

如今也已爬起身来

换了干净的衣服

与亲人团聚

壬寅年五月

现在是五月
我躺在一座亭子里
也躺在一个即将逝去的春天里

雀鸟在头顶的天空飞来飞去
叽叽喳喳　喳喳叽叽
像一个正常人
对着一群劳改犯
卖弄他的自由身

一只翩翩起舞的白蝴蝶
在一枚紫色的三角梅上停下来
试图从一朵花瓣里
寻找它的前世

一只蜜蜂飞向我
嗡嗡嗡　嘤嘤嘤
它执着又忧伤的样子
让我想起这座亭子覆盖下的
那片被我一时冲动挖掉的蔷薇花丛

如果有轮回

朝代只是一块幕布

从尧舜 秦汉 到明清

登台的人

一路表演

更换名字和服饰

你我

还是旧朝

恭顺的子民

明天和下一个朝代

以及

我们的新身份

都在赶来的路上

敌我

自庚子年始

病毒肆虐

人间兴起大狱

我们各自画地为牢

人所共知

呈冠状的病毒为主谋

而从犯密布

有些呈人形，有些呈正字

有些说着好听的话

分辨敌我太难了

我们时而感动

时而愤怒

像幕布上的皮影

无从选择伴奏的

乐声

梦

在一场梦里走啊走

天空是灰色

地面很多裂口

到处是聚集的人

我似乎刚毕业

纠结于工作还是备考博士

熟悉的人都离散了

爱过的　恨过的

即使面对面我们也无话可说

裂口越来越大

人群面目不清

情绪都很激动

一个幼儿紧紧抓住我的手

天那么暗

黑色衬托着天堂

我年轻而富有

相比那些穷困潦倒的人

想起小时候

坐在高高的谷堆旁

听妈妈讲那过去的故事

其实我知道

距离幸福只有一步之遥

如果

天色再亮一些

如果

灯再多一些

如果

你们都在

凌晨两点的时候

我正从一个房间到另一个房间
试图把频繁涌起的往事
集中隔离

寒光越窗而入
将露出半头的回忆
一一削去

大雨随后而至
气势恢宏
像新官上任

安静了半宿的鸟儿
揉揉眼睛扯起了嗓子
加入这场合奏

我闭上眼睛
感觉自己正在成为一滴水
在天亮之前
汇入江海

母亲

我种植的一株玫瑰

开出了六朵花

每一朵都一样大

这真不容易

它要如何克制自己

不偏不倚

一视同仁

才能使出如此平均的力气

想起我的母亲

生了六个孩子

年老后常被妹妹指责偏心

一次次哽咽着

忍住眼泪

直到妹妹也成为母亲

后浪

风从昨夜吹到今早
期期艾艾
像是在为春天送行
吹落的花瓣在落地前使劲舞着
完成最后的摇曳

更多的生物在摩拳擦掌
备好了容器
什么季节更替
前浪后浪
它们只在乎
缸中有水 锅里有米

四岁的小外甥语出惊人
随便吐出一个句子就充满了诗意
让我怀疑多年苦读的意义

所有的后浪终将
成为前浪
沉默的大多数
生来无名 去时无息

夜色

黑夜来临之际

都市的广场发出红的绿的蓝的光

像传说中怪兽的眼睛

马路上车辆飞驰着

化身一群追捕猎物的豹子

心脏咚咚咚跳得热烈

为一杯美酒，也许是一位佳人

斑马线一头等待的女人

抱着孩子

一边张望一边哭

没有人知道，也没有人在乎

她为什么悲伤

一只老鼠从她身旁经过

无视红灯

直奔旁边的花园

那里，几支长春花在夜色下

倔强地开着

等候

夜晚的时候，我等候黎明

天亮的时候，我等候日落

除此之外，我还

等候

世事澄明，瓜熟蒂落

等候

阳台上的金丝雀，推出黄色的花苞

等候

那些不幸离岸的鱼，游回大海

等候

所有被匆匆辜负的时光

重新被厚待

芙蓉

你从汉乐府的幽径深处

穿越漫长的汉唐 宋元 明清

朝我款款走来

葳蕤如初

几千年了

相似的情节反复被提及，重现

我因此记下你的名字

和故事

人生不相见，动如参与商

同心而离居，忧伤以终老

正午时分

我在阳台上坐着

露德圣母教堂的钟声

敲响了十二点

自从知道大钟曾经被毁

是靠着扩音器在传播

那钟声来到我身边就带上了淡淡的忧伤

周围的花草眉头舒展

在微风中轻轻地换个姿势

慵懒地晒着太阳

它们不关心曾经，也不关心钟声

它们只是，贪恋春光

一只蜜蜂隔着纱窗在我身旁

飞来飞去

嗡嗡嗡，像是骚扰又像是告白

还有点急不可耐

我指指楼下的海棠对它说

快去那里采蜜吧

我不是你的花

春天走在路上

窗外，布谷鸟一声声地叫着
紧接着狗也叫了
连同马路上蛰伏许久的车辆
我听到春天走在路上
携着满满的行囊
里面装着鲜花，禾苗，养蜂人
……
以及，你寄来的
告知即将回程的明信片
噩梦，终将在醒来前落荒而逃
所有的黑暗
都将分崩离析
而我们，那些爱与信仰
成为照耀彼此的光源
与春天接力

一个叫海瑞的男人

越过墙院，都市的繁华

日渐凋零

偶有雀鸟飞过墙角的竹林

撒下一路欢歌

它们不知人间悲喜

万历年间，岌岌可危的

大明王朝

从屏幕里，朝我盛装走来

一不小心，就露出衣角下掩藏的

饿殍遍野

天地不仁，恶权当道

而清流们从未放弃努力

一个叫海瑞的男人

使我

一次次，热泪盈眶

立春

今天一早

布谷鸟就来到我的窗前

连叫三声，那是儿时熟悉的声音

只是这个傻瓜记错了时间

现在还不是麦收时节

它得意地笑，用余音告诉我

春天来了，我也来了

你也要关注你的麦田

这乘春归来的鸟儿

它只顾自己开心

不晓得

人类的世界仍旧大寒

我在等待

病毒消失

失散的人都团圆

那才是我想要的春天

平淡无奇的日子

温饱之后

生活逐年平静

长日复长日

无事发生

漫长的婚姻总是一成不变

围城内外

到处蠢蠢欲动

他们说

生活需要激情

直到庚子年初

一场瘟疫席卷汉城

殃及九州

万千家庭支离破碎

至亲之间，遥遥相望

以沉默以眼泪

曾经平淡无奇的日子

每一个都如此闪亮

一切都是临时的

我曾以为的那些

安全感与稳妥

在突然而至的不幸之中

没有任何信念成为永恒

原谅我成为一个悲观主义者

我原有一处花园

里面装满我对这世界的期许、善意和热爱

在生活秩序被打乱之前

此刻

我和我爱的人被画地为牢

田园荒芜

只有头发疯长

我的周围

瘟疫正肆无忌惮

虚构

坐在书桌前

整个下午

试着写一个小说

包括

给主人公想一个出路

毕竟

困境不需要虚构

俯身可拾

向键盘递去颤抖的双手

有人正身陷囹圄

等待施以援手

而我彻夜焦虑不安

仿佛可以从文字里

把你们

一一拯救

除夕

鞭炮声中

迎来了别人的新年

我还活在旧岁里

静默而立

我怕

一开口

就想流泪

像汉口的江水

日夜呜咽

我甚至不敢作揖

我怕

身子稍稍一倾斜

就有悲伤从我的肩头

纷纷滑落

夜读

黑暗严严实实地压下来

堵在我的胸口

展开一本书，试图

寻找一些光亮

那是，1987 年的浆水和酸菜

我隐约看到另一个

与我同龄的女孩

小小的手被一个巴掌拍得生疼

来自长辈，也可能来自生活

窗外突然响起一阵连绵的狗吠

它肆无忌惮的叫声

令人恍然，此时此刻

我是身处魔都

还是在遥远的西北或皖北的村庄

也许

它是想给我的夜读

配个背景

噩梦

你离开的地方

天色从上午开始变暗

我从此活在夜里

在一个梦与一个梦之间

奔走，寻觅

盗梦空间那枚不停旋转的陀螺

等它停下

我们就能在同一个空间里

醒来，重逢

相拥而泣

大雪

今日大雪，而上海无雪
多年前的玩笑
一语成谶

你未至
雪不敢来
它在我途经的地方
瞻前顾后

我空有一腔热血
在世间的旷野里
独钓江水
等候白头

迷雾

迷雾，迷雾

伴随我的征程

路漫漫

我有时会担心

走着，走着

修长的双手

突然，无力

抓不住

任何一个，我爱的人

张开的口

忽地，失语

不能再说

我爱你

来不及

已经很久没有抬头看天

只顾埋头认真走路

到处是不平

有时还有天坑与

地陷

我来不及抬头

来不及看天

听说

它此时很黑

像泼洒的墨汁

不幸被墨汁击中的人

不敢哭也不敢叫

更不敢乱动

他们原地等待一场

六月飞雪

理由

深秋的夜

我走在硬硬的马路上

吹着凉凉的风

忽然想哭

这种感觉使我感到羞耻

我曾经多么勇敢

一个人离开村庄

东奔西走

独自

住院，搬家

与粗暴的上司顶嘴

傲视富家千金

把所有的家产都穿在身上

自信得就像

一支精锐部队

如今

我的资产

足够买下故乡的整个村庄

我为什么要哭

我不再是那个一无所有的小女孩了

不再是那个总为学费发愁的女学生了

不再是那个担心交不起房租不敢辞职的小职员了

嗯

我没有理由要哭

没有理由

如果要为此找个理由

也许是

大姨妈要来了吧

又是一年将尽

去岁末期待的偶遇与奇迹

一个也没有发生

衣柜里

未经剪标的长裙

被人轻轻摸了一下

又复返

幽径深深

海边的浪花

不断地

想象，聚集，爆发

幻灭

周而复始

我已开始等雪来

听一听

每晚我都不舍得入睡

把手里不多的时间份额

排好队

拎出一份来

听一听

城市的呼吸

听一听

飞机路过我家屋顶

听一听

今天看过的书，走过的路

在心里留下的回声

美人

风渐凉

一束瘦客拨开灌木

探出身子

几枚花瓣

压得枝头弯弯

月白、玫红、浅绿

摇乱一丛春秋

谁说花无百日红

从去冬到今秋

江湖流传她的传说

长春花

斗雪红

月月红

真正的美人当如是

任时光流转

眉眼依旧

春常驻

蚌

夜幕低垂

城市是退了潮的海

独坐灯下的你

是潮水遗留在岸边的

一枚 蚌

耳垂上的珍珠

发出低语

嗨

知否

我与你有共同的

月光

低调

桂花的香

以咄咄逼人的姿势

铺满每一条

街，或人迹罕至的小径

哪管

别的花也有清香

是否正苦于

无处释放

如果实力允许

没有一朵花甘心低调

看那

站在领奖台上的人

总是乐于被各种镜头

聚焦

循环播放

赶路人

夜色苍茫

那匆匆的赶路人

踉跄着，走在日益寒凉的秋风里

走着走着

就化成了一片片落叶

一阵风吹过，便

不知所踪

十月以来

我写不出一个有诗意的句子

也许是

我的诗意里总藏着

一些些失意

也许是

在这举国欢庆的日子里

不宜

不合时宜

恰如

今夜，在等待诺贝尔文学奖揭晓的时刻

无锡城一段桥的坠落

恰如

树上那些高悬的鸟巢

在我投去的目光里

诗意地

晃来晃去

突然，啪地

坠地

灵山大佛

我上山的时候

他向我招手

我下山的时候

他与我挥别

沉默不语

不悲不喜

用同一种手势诠释着

来去随缘

珊瑚石

只要心中有沙

哪里都是马尔代夫

比如此刻

面对一枚珊瑚石

我看到了垦丁的海岸

以及

沙滩上光着脚丫的小男孩

他在"哇"地惊叹之后

迅速弯腰，起身

并握紧了小小的拳头

还有，那镂刻般的图案里

住着的涛声

和光阴的故事

晨

眼帘升起

窗前的帘布仍然垂立着

保持淑女的姿势

那肆意撒泼的晨光

在我面前

立住脚

拢了拢双手

冷不防

教堂的钟声，与

雀鸟的欢唱

一起奔跑着

跌入我的怀中

江山

有人立碑

有人封禅

有人在史书里

泼墨挥毫

一代代帝王

以无数方式做下标记

这江山，是朕的

江山笑而不语

以一次次律动

完成对自身的洗礼

像成年人抹去

孩子的涂鸦

塔巴（台风）

风雨交加

白昼节节败退

未及日落

就仓促交出了阵地

今天的夜

来得格外早

带着盛气凌人的姿态

把平日里的喧嚣一一喝退

那素来妖娆的霓虹灯

也开始低调

今夜

上海所有的社区

都取消了广场舞

像

被分手，被平均

等所有的被动语态一样

被迫收听一首交响乐

塔巴之夜

嫦娥说

月光里映满

果品的影子

人间又在庆祝中秋

而在这寂寂广寒宫里

我悔不当初

若知那一别

竟成永远

我情愿将那长生药

让与蓬蒙

牛郎与织女尚有七夕可盼

而我只能寄希望于

玉兔槌下

那迟迟未成的

不老药

更担心

我那遗落人间的后羿

是否依然

未老

赴中秋

月亮姑娘

蒙着一块面纱

学着淑女的样子

款摆莲步

一路走，一路摇

摇散了

天空的乌云

摇红了

少女的脸

摇软了

游子的心

直到

受伤的心都愈合

分离的人都团聚

哭泣的孩子都等到了妈妈

她就彻底摇落

脸上的面纱

奉上

全部的皎洁

白露

荷塘里
曾因惊鸿之姿
在六月封神的残荷
开始强调风骨的要义

她看似倔强的眼神
在秋日的晨光里
透着美人迟暮的忧伤

不能忘啊
昨夜的西风
吹落了她
维护的最后一朵花瓣

还好
脚下的泥土里
果子勃勃生长着
希望仍在

在魔都

只有拉上遮光窗帘

夜才真的来了

夜来了

心才空得下来

才能留出一点位置

容纳

墙外行进的脚步与

匆匆的车马声

才能领略

人世的各种忙乱

此刻

墙角处的蛐蛐

正抓住机会

卖弄风情

仿佛受尽冷落的歌手

终于等来了听众

细雨密密

细雨密密地下着

像打在女人脸上的水光针

大地也要不定期来一次深层补水

谁会拒绝这种温柔的补给

万物悄然生长

每一个细胞都喝得饱饱的

蚯蚓借着松软的土壤就地翻了一个身

老家的田野里

玉米秆子像列队迎接建国七十周年的

哨兵

一个个都把身子

站得直直的

脚下铆足了劲

准备为下一个月圆之夜

奉上用来庆贺的果实

立秋后的第二十四天

秋真的来了

乘着昨夜的风雨

这风雨明显地有别于夏天

以从头到尾的寒意

浇灭奔放的夏日残存的火焰

提醒你收起那些念念不忘

包括

衣柜里那些尚未剪标的露背长裙

那些后来束手就擒的官员们

一定深深明白

季节更替背后

过期作废的道理

而大多有过热烈青春的人

只能在碌碌之中

不甘地

走向暮年

偶尔感慨一声

时不我待

太阳升起来

黑夜识趣地退去

带走那些不为人知的梦

它深知

风水轮流转

那些朴素的道理

楼下响起躁动的鸣笛声

和几声犬吠

就这样打开新的一天

昨夜我换了靠近马路的房间

于是这一夜没有花香和鸟鸣

亦没有教堂的钟声

起床，梳洗

把一些忧伤和焦虑的情绪摁住

以免弄花了我的新妆

城市一动不动

夜已深，我在阳台上
听一棵树，嘲笑另一棵树

黄浦江里
一群鱼在抱怨水温
讨论复旦大学附属医院
一名年轻的研究员
为情所困，服下 30 粒安定

庆幸
它们的记忆只有八秒
绝缘于人类这种奇怪的苦痛

唐镇的早晨

清晨，浦东

一个叫唐镇路的街道上

两枚揉成长条形的烧饼面胎

进入淮南牛肉汤餐馆

火热的炉膛

一阵香味乘着初秋的风

穿过起伏的长发

车马依旧

裙裾飞扬

热裤本分地护住隐私

不敢渎职 亦

不多管闲事

任修长的双腿暴露于

众目睽睽之下

香汗

冷饮

柔软的风

遮阳的伞

一切和昨日似无不同

一切和昨日已经不同

七夕

夏将尽，秋将近
玄月西升
天上的陈列依旧

吴刚仍在砍树，酿酒
织女忙着备罗裳
地上那个傻小子正在为安置
一头牛和一双儿女
焦头烂额

喜鹊带着成人之美的喜悦
飞离树梢

年复一年
唐镇广场上，唱兴正浓
一首循环的旧曲
和着此景
"海枯石烂我不放手"

失眠

夜幕低垂的时候

一堵墙，应运而生

铺天盖地

过滤掉所有的杂音

心里那个小小的世界

被聚焦，放大

毫发毕现

每一种声音都清晰可辨

那些深夜里迟迟不睡的人啊

是不是也如我一样迷恋

与自己的心灵对视

焦虑

一天之中

如果有片刻是静止的

必定是在午后

尤其这样的酷暑

进入一帘幽梦

以躲避烈日炎炎

往往阴差阳错

在梦里中与另一场惊慌失措

狭路相逢

所有的逃离不过是

从一个幻境逃入另一个幻境

焦虑无处不在

就如同眼前

我一边渴望一场暴雨

一边害怕伴之而来的电闪雷鸣

祥和

太阳升起的时候

我刚从一场梦里出来

晨光透过一截帘布

撒下一地金黄

让人误以为是收获的季节

只有农民知道

田地里早就一片干枯

没有一处能长出粮食

裂开的土地

像一群忽然脱离水域的鱼

不停地张开大口

求雨的呼声

淹没在

锣鼓齐鸣的庆祝声中

淹没在

一片祥和的问候之中

写一首明媚的诗

每当夜晚来临的时候

我总是想

为你

写一首明媚的诗

让它照亮你

在长夜里独行时

经过的每一条

幽僻的路

每天写一首诗

每天写一首诗

记录这来来往往的人间

写到天昏地暗

日月无光

注定是一句谎言

但是可以

写到满头白发

步履蹒跚

写到眼睛里所有的光芒散尽

苍老的手上布满皱纹

再也握不住一支笔

写到再也不会

悲欣交集

为一个陌生的句子

感动

一朵花的宿命

樱花绚烂的时候

木兰已经开始凋落

枯萎的身子仍旧死死地抱住枝头

不甘心离去

这是她曾经恣意盛开的地方

风婆婆一边用力掰开她的手，拖走她的身子

一边劝说着

没有哪一朵花能够

永远留在春天

那边的樱花

也不能

我是许仙

自那年那月那日
你从西湖边的乌篷船中
走出
细雨下执手相看
你说我们已相识千年
几世轮回
我叫许仙，而你的名字
却怎么也记不起

我在金山寺念经
无数次深夜，思念涌动
如钱塘江的潮水
它曾给予了你我最美的邂逅
西湖 断桥 扁舟……

我多想透过如豆青灯
再看一看你
一袭白色长裙
为我盗仙草，为我水漫洛城
为我，你与三界为敌

去他的阿弥陀佛

什么人妖殊途，都抵不过

情深似海

雷峰夕照的佛光

是我的痛苦你的忧愁

我叫许仙，而你的名字

却还是记不起，记不起

白素贞

自那年那月那日

我从冯梦龙的一篇传奇中

出走

今夜，在一坛黄酒中

我仔细辨别自己的前世

西湖 断桥 扁舟

记忆时而清晰时而模糊

一千年了

多少风雨与我擦肩而过

犹记得雷峰塔倒掉的那日

一袭白色长裙

抖落我在临安沾染的

最后一粒尘土

我感念钱塘江的潮水

它见证过我与人间

最美的邂逅

也憎恨它记录着我

最深的忧与愁

小青呀

细雨密密地下个不停

断桥之下

姐姐在我身后

正把通体白色的身子

换了个姿势继续卧着

重出雷峰塔后她明显地淡泊了

而我却常忆起八百年前那场荒唐事

那时还叫段家桥

那时我只有五百岁

还不懂欣赏一个男人替你插一朵花的意趣

我本意只想试试他的真心

后来却 情愫渐生

犹记那日她被哄着喝下雄黄酒

他却与我 云雨初试

如果不是那一场水漫金山

如果我没有……

他会跟我走吗

姐姐又翻了一下身子，叫了一声

小青呀

罢了 罢了

哪个女人不曾以为自己是男人的真爱

连一条雌蛇都有这样的思绪
八百多年过去了
他已几世轮回 面目全非
只我与姐姐固守这杭州城
固守这人间绝色

门罗《情变》读后

那个在战时被拉去前线的年轻人

每天都可能战死沙场

他一出生就按部就班，从未逾矩

媒妁之言让他有了未婚妻

面对每天的死亡威胁

他脑子里却在想着另一个

在图书馆工作的女人

他决定给她写信

像一个情窦初开的少年

述说爱慕与思念

没想到她回了信

甚至按照他的要求拍了一张近照

尽管还不知道他的长相，她却不好意思地开口

也要一张照片

他们在书信里谈起了恋爱，像一对灵魂伴侣

他没想到自己能活着等到战争结束

幸运就这样降临

他全身而退回到了家乡

却也只能娶了未婚妻

在一次光顾图书馆的时候，他悄悄地将她的照片

压在一本书下

以此表示这段感情的终结

一次又一次失恋

使她成了大龄单身的女人

她依旧美丽，依旧孤独

依旧被当作一个异类

数年后

他在一场惨烈的车间事故中意外离世

他的雇主前去慰问

受其妻子托付去图书馆还一摞书

原来这些年，他从未间断到图书馆看她

于是她与他的雇主相遇

一次次讨论事故的细节

就这样莫名地她与他的雇主相恋

雇主英俊、有地位、心地善良

在最近的一次流感中失去了结发妻子

水到渠成般地 她接受了雇主的求婚

一起恩爱地度过大半生

共同经历了又一次内战

目睹工厂的兴盛与没落

做了很多对社会有意义的事

直到雇主也与世长辞

她已风烛残年

在一次工会活动后的回家途中

她与他的亡灵相遇

他说我一直想打破沉默，想和你说上话

我至少应该和你道别，分开得太突然了

你过去一定很生我的气吧

但是你知道吗

爱情不死

曾经期盼过的无数次相逢

于此刻兑现

她惊讶于自己的波澜不惊

甚至觉得他并没有那个后来成为她丈夫的人

英俊、好看、穿着有品位

爱情每时每刻都在消亡

多多少少被岔开，掩盖

然后归于沉寂

她想起当年

她是怎样孤身一人

从外地辗转至此

这不可预测的一生啊，还有那充满戏剧性的

爱情

黎明

一阵行李箱的拉杆声

打断了我的梦

不知那拉杆的人，是刚刚归来

还是刚要启程

一只狗惊叫连连

像是迎接，又像是欢送

窗外的鸟儿歌声悠然

一如既往

不送，也不迎

它有自己的节奏

风依然在吼着

像一个粗犷的男人

也许这一夜刚被什么东西安抚过

声音明显比昨晚温柔了些

卖菜的老奶奶

棕色的脸，皱成

一把棕色的苦菊

张大的嘴巴里

空空如也

她努力用含混的上海话，以及面前的塑料袋

让我明白

她想让我买她种植的青菜

我伸手摸向口袋

她的脸上绽放着喜悦

像一个孩子等着我从口袋里

掏出糖来

我的口袋里除了手机空空如也

而她并没有微信

我看到她眼里的光逐渐暗了下去

像天边的夕阳跌入了山坳里

晴耕雨读

一本书在我面前横陈

不顾娇羞

夕阳挂在窗口

把一抹落日的余晖投向我

像一个安静的书童

为我执起手烛

快递员送来一个黄色的牛皮信封

上面写着

"晴耕雨读"

我喜欢这个词

只是我已失去了原有的土地

两手空空，无力

只握得住

一本书，一支笔

雨

短暂的晴日，像一场旧梦

迅速被遗忘

只有眼前真实的湿冷

铺天盖地

如一个失意的人

努力矜持了一阵子

突然间

重又

泪流满面

不要固执地惦记着春天

天色阴沉

像你失望时，眉目低垂着

忧伤的眼神

如果要为你写一个句子

我想说

不要固执地惦记着春天

每个季节都有好景

看看你经过的路，夹竹桃花开满了枝头

那火红的石榴

也在默默地，装点

你的旅程

写给鲁迅

这个节日的午后

我从海上

一个叫唐镇的渡口

撑一只乌篷船

到你的故乡，鲁镇

走一走，百草园

看一看，三味书屋

到你坐过的，酒楼

期待与你笔下的，迅哥儿

等，一众人

来一场偶遇

尝一尝杨七巧的豆腐

如果能遇见，孔乙己

我想请他到里面的厢房，舒服地坐着

点几碟茴香豆，温一壶好酒

让他慢慢喝

告诉我

茴字的四种写法

如果看见子君，我会耐着心

听她说一说涓生

她一定有很多女人间的话语

对我慢慢诉

如果能遇见夏瑜，就告诉他

山河仍在

国泰民安

爱

今晚的月

纤细，修长

腰弯得恰到好处

衣着黄黄，如一枚

香蕉，挂在天上

用她略带羞涩的光

指引着夏风

以某种特别的角度和频率

亲吻着我的发梢

时而热烈，时而温柔

像一个女子细密绵长略带狡黠的

爱

当金丝桃与飞机相遇

夜色苍茫

只一朵花醒着

在寂静的暗夜里

闪着动人的光

一枚飞机掠过

以咄咄逼人的轰鸣之声

惊扰她的独自沉醉

美则美也

你能飞吗？像我

这样……

这么高

这么……

只一瞬

身影就消失在天际

余音萦绕

她沉思着

这世上有会飞的花吗

哦

有的

蒲公英

那卑微的野草

暴雨之夜

今夜

暴雨如注

我在寻找我的船

梦中的爱人

每夜独自入眠

这不该是生活的全部

她在梦中给自己找了一个爱人

他身骑白马而来

带她一起云游四海

走过蝴蝶纷飞的清涧

穿过嘉树贴贴的山川

远方之后，还有远方

她从来不问归处

她知道

梦醒时

便是一生

咏荷

用默默无闻的前半生

扎根，蓄势

积攒力量

把枯枝败叶和淤泥

也变成一种给养

他朝有日离谷底

从黑暗中探出头来

一出现就

惊艳水域

俘虏万众目光

致婆母大人王汝珍

我知你将离开

但没想会这么快

细数当年

面对计生人员递来的药片

你佯装吞下

以一个母亲的急中生智

保全你最爱的琦儿

生下他

你像一块肥田耗尽了地力

从此体弱多病

把营养、智慧、体力转赠

使他日渐聪慧

四岁识字

六岁诵读

十四岁考入上海交大

一路狂奔

从小小的长汀

走到大大的世界

成为同龄人中的佼佼者

你却日渐枯萎

你时常糊涂

却总记得你的琦儿

一见我就把他的童年趣事

说个没完

这一生你经历太多病痛

当你走过忘川河上的那座桥时

不要因为不舍

而拒绝那碗孟婆汤

我想你来世健康快乐

悲欣交集

一生是漫长的旅程

起点和终点早已设定

我们在这两点之间兜兜转转

有时赶路

有时停下来看风景

有时为一场遇见

悲欣交集

传说

一次次北归

一次次南飞

一只雁在循环往复中

寻觅

生命的意义

如一只逆流而上的鲑鱼

跨越大山大河

穿过天梯险阻

也许将丧生于某一段途中

但这并没有什么值得纪念与歌颂的

只有当遇见

了解并且爱

这一次次的历险与穿行

才能化成

动人的传说

七月的第一个午后

惊雷滚滚

一只蚂蚁仓皇着逃入洞口

惊魂未定

目睹这山河浩荡

远行的人

在大雨滂沱中

踏上征途

它安居的楼上

留守的老人和孩子

使劲挥手

不问归期

心事

老天爷并不比我

矜持

或情绪稳定

所以一年有四季

它一高兴就春色满园

或黄金铺地

一伤心就电闪雷鸣

或冰天雪地

而我已学会不动声色

把一块块心事

一寸寸忧伤

分解，隐藏

再悄悄地摁进胸腔

待它慢慢遗忘

或发酵

熬成一句句隐晦的

诗行

夏风

夏风提提裙摆

挤进窗子

摇动一帘青纱帐

像送信的人来了

白色橡木门发出窸窣的声响

以示回应

也许还打着暗语

躁动无处不在

一如夏天的狂热

无所谓

是否正惊扰

榻中人的一袭清梦

船票

夜风徐徐

将一些人

从上海吹到了海上

从现实吹入幻境

我还醒着

正与风对话

为一张入境的船票

讨价还价

大限之后

无论贫富贵贱 繁华落寞

都将静默不语

如一枚柴禾被塞进炉膛

燃烧 化为灰烬

灵魂随着青烟从被熏黑的管道里升起

袅袅娜娜 带着些忧伤

像每一次离家时频频回首的模样

一生中做过无数次飞升的梦

在这一刻终于实现

才明白这一生都在渡劫

忧伤之后是释然

与人间做最后的告别

驾风而去

这是人类共同的归途

将灯光拧亮

在行将收尽的暮色中

将灯光拧亮

把目光从夏尔刚迁居的永镇寺收回

聚焦眼前的日子

洗菜，煮饭

燃一把人间的烟火

连同那些不愉快的情绪

一同焚烧，烹煮

制造出一桌活色生香

从衣柜中取出去岁里张扬过的长裙

比画在身上

经过一年的疏离

它明显地瘦了

我把它按原路放回

像执勤的人不得不遣返一位偷渡过来的漂亮姑娘

立夏

春天

像一个即将辞官归隐的人

低调地收拾行囊 感叹

那追逐一生的仕途啊

不过是南柯一梦

蔷薇花袅袅婷婷地爬上墙头

不改昨日风情

只要能让她自在地开

管这天是姓春还是姓夏

适者生存使它们习惯于四季更迭

也习惯于目睹人间

那一场场宴席

如流水般，长年不断

有时为相聚

有时为送别

如果你失眠了

床头又没有安神的药剂

不妨试试喝一杯热水，或

一碗热汤

然后再加一床被子

让身体变得暖暖的，心里也

暖暖的

根据热胀冷缩

心会变大

就能装得下更多的心事

无关夜色

晚上八点半之后

旁边的广场舞就结束了

周围沉寂下来

像一个人肆意疯闹了一场，忽然恢复了正常

有几声狗吠传来

也如石子落入湖中

激起轻微的涟漪之后便被沉默吞噬

其实这里的夜每一天都差不多

教堂，广场，星空，明月

偶尔有女人的哭泣，孩子的笑，猫或狗的叫

惊讶于自己能为这一样的夜写出那么多不同的句子

一篇又一篇

才知道

其实一切都无关夜色

就诊

排队，挂号，继续排队

淹没于候诊的人潮中

像一尾鱼藏身于海

人人都热恋故土

热衷于社交

我却喜欢将自己投身于陌生的人群

有一种自在的欢喜

打开手机

仁济医院的那位主任医生已连续三日上了热搜

今天的导医和医生一直笑着和我说话

热情得恰到好处

八号室的女医生说

这个小朋友我见过的

要是不戴眼镜就更帅

小 M 就露出了浅浅的笑

和她眉来眼去

手指飞舞

在一本书里活着

在包里放一本书
已成为积习
孤单的人因此而有了旅伴
展开书页的瞬间
所立之处就幻化成一间书房
阻挡所有的喧嚣

时常在不同的时间，地点
与不同的灵魂对谈
活着的，死去的
中国的，外国的
美丽的，丑陋的
贫穷的，富有的

在这一刻相遇，相惜
我经常在一本书里活着
在另一本书里死去
感受这不同的人生轨迹

和解

大雾弥漫

我在清晨的时候出门

目睹一路经过的那些街道，村庄，河流

在雾霾中若隐若现

想起不久前买过的一套丝绸睡衣

它有一个很美的名字，叫雾霾蓝

我惊讶于一个反向指征的词汇被这样接纳

一如那些长久出现在你生命中的

人事，疾病，痛苦

当你不能改变和阻止

便只好选择与其和解，或

共生

浮萍

忙碌消停的时候

天光也暗了下来，有时还会下起雨

像日渐富足的人生

衰老也必定紧紧跟随

最年轻光鲜的岁月，往往伴着一贫如洗

没有一种幸福叫万事如意

那么多年了，仍然常常在醒来的时候

惊慌失措

像一颗浮萍

春天来的时候，我总是高兴不起来

觉得它迟早要离去

直到看到路边的海棠花

灼灼生辉

一个人的夜晚

整理衣柜

读一个中篇小说

啃一盘鸭翅

写一首诗

像一只自由的飞鸟

除此之外

我还想看一部电影

写一篇短评

睡一个饱饱的觉

夜色像一个不速之客

不识时务地通过窗户拼命挤进我的房间

提醒我

并没有更多的时间

等我挥霍

悲伤的时候

午后的时光

寂静得出奇

平时淘气的猫狗，鸟儿都不见了踪影

马路似乎也在沉睡

空气像被冻住了，结了一层层薄薄的冰

我不敢用力做任何事

也不敢大声呼吸

怕轻轻一挥手，一呵气

就会有东西碎掉

怆然跌落一地

小时候的春天

城里的诗人

都在拼命歌颂花开

木兰，樱花，海棠……

他们没有见过播种和栽种

以为花开就代表了整个春天

不会注意到菜场门口那一株株绿色的幼苗

黄瓜，番茄，朝天椒……

围在一筐筐泡沫箱里，像一群刚出生不久的孩子

等待被安置

父母曾在每年这样的日子，将它们植入菜园

我看着它们如何日渐拔高，如何

在一场场雨后

忽然将鲜花与果子挂满枝头

馋坏了我

小时候的春天

写给西汉陈汤

出生于山阳的你

虽有文韬武略，迁居长安

仍旧摆脱不了"京漂"的标签

你长叹"恨不生为长安人"

扎根落户，落地生根

成为你一生的梦

为了实现它

你不惜剑走偏锋

冒着杀头的危险出使西域

研读兵法与地理

励精图治

将郅支单于头颅高悬

写下

"以示万里明犯强汉者，虽远必诛"的

千古名句

归来后

被封赏，娶长安女子为妻

在京城有了自己的府邸，生子女于长安

以为这样就可以结束"京漂"生涯

此后你屡建功业，终被封侯
你的户籍却一直被困山阳
临终前你拜请朝廷
许妻儿在你身故之后继续留京
你驾鹤西去
妻女即被下令迁回原籍

你一生文武双修
攻城拔寨
那一纸户籍
成为你今生不能翻越的高墙

加油站的老板娘

那个加油站的老板娘

每次都夸我好看，每次都

向我推销她的燃油宝

我总是不好意思拒绝，她的赞美以及

她的燃油宝

今天早上我画坏了一条眉毛，心情也有一点糟

她这次没有夸我，却一如既往地

推销

我打定主意不买，推脱

忘记带钱包

加满油

我到她面前去扫二维码

临别转身的时候

她忽然叫住我

小姑娘，小姑娘

你的裙子好漂亮，露出了腰

快点把它拉拉好

化妆术

把一双眼睛，一张脸
化成埃及艳后
的模样
在凯撒大帝的国土上
四处游走
自从这世上有了
一个叫何雨虹的姑娘
所有天生的美貌都失去了
产权保护
内在成为唯一的辨识度，及
核心竞争力

鸟儿与阳光

鸟儿在窗外欢快地唱歌

不在乎我还在睡着

也不在乎有没有打扰我的梦

毕竟，这短短的一生

做好自己比关注别人更为重要

一些光线从遮光帘布的拼接处

挤了进来

这里摸摸，那里看看

无视我的存在

和窗前的鸟儿一样

他们都热爱自由，都有些

放荡不羁

放风筝的人

东风，纸鸢
那夕阳下奔跑的人
竟已是暮年

他的身旁无人陪伴，只有
一双盛满孤独的眼睛
望着蓝蓝的天

他右手里紧紧拉着，一根细细的线
仿佛这样就能拉回
他的童年

风声

风声很响，带着怒气

像来自某个战场

这不是春天该有的样子

天色跟着就暗了下来

让我想起，那些明媚的容颜

也是这样，在一次次的怒吼之后

逐渐变得

暗淡

春分

倦意未消

就听到鸟儿在窗外

一边点着我的名字

一边喊着春分

朋友圈的诗人

早已梳洗 坐定

写下一篇篇动人的诗句

他们

一半歌颂春天

一半歌颂爱情

而我只愿这人间

从此变得公平

让

每一场奔赴都能如期抵达

每一分善意都能被妥善安放

骑马出走的女人

东风吹走了阴霾
阳光在身后款款而来
之前的狂风骤雨
像
一袭旧梦

一个美丽的女人
在花园里练习骑马
她的身子随着马匹起伏着
像昨夜翻腾的黄浦江

我坐在长椅上
翻看一本
劳伦斯的短篇小说集
《骑马出走的女人》

狂风之夜

狂风怒吼

天空变成了奔腾的黄浦江

卷起惊涛阵阵

恍若雷鸣

一只猫在我梦中的

江里

扑腾着 哭喊着

试图上岸

旧时光

夜突然而至

我还没来得及准备

烛火和晚餐

思绪停留在白天

庭前那片竹林

一位少年郎吹着长笛

那悠扬的笛声里

有一种清音

来自旧时光

里面藏着我年少时的模样

苦行僧

你放弃那声色犬马

把人世繁华关在门外

终日枯坐

像一个苦行僧

把心中的经书

日日诵读

等待着

有朝一日

就地成佛

日已甚暮

女主人收起阳台上的衣物

娃娃哭着找妈妈

太阳将铺在人间的白练

换成黑缎

阴凉中透着潮湿

我扯起窗前的那段

想把它塞进我

火炉一般暖烘烘的心脏

试图让它变得

干净温暖

又担心

我的热度

破坏了它的质感

我就这样犹豫着 想了

一遍又一遍

天青色等烟雨

忙坏了院子里的一群小蚂蚁
他们在商量
把一只奄奄一息的青虫
拖进洞里

一位正在扫院子的保洁阿姨
看着昏暗的天空
加快了手里的节奏

姚鄂梅《四十八岁告老还乡》读后

离婚，下岗
人到中年
故乡，成为一个落魄女人
最后的
寄托与靠山

在祖屋的宅基地上
她精心打造了一处中式庭院
竹林院落，黑瓦白墙
给贫困孩子办免费读书会
圆梦一个知识分子的
诗酒田园

这魂牵梦萦之地
等待她的是
亲戚的算计
教师的嫉恨
村民的排挤
拆迁队的强权

落荒而逃啊落荒而逃

一个在外的游子

从离开故乡的那一刻起就成为了异乡人

衣锦还乡是另一个中国梦

无法抵达

但永远惦念

理论

春天来了
燕子也回来了
在一处破旧的房舍前
有一对燕子正忧伤地
找寻它们的旧居

房舍的主人
正在跟一群人理论
我祖祖辈辈都住这里
凭什么
你们说搬就要搬

卖菜的孩子

柴门前，马路边

一条矮凳

撑起了你的卧房

你的小腿变成了床的腿

你的小脚变成了床的脚

你的小手变成了自己的床铺

你睡在自己的身体里

做了一个长长的梦

梦里有果蔬的味道

还有阵阵车马声

还有一个熟悉的声音

是远方归来的妈妈

她一边冲你招手，一边喊着

你的名字

下午三点五十分

天色渐暗

像有大雨来临

我坐在书桌前

读一本威廉·卡洛斯的诗集

忽然手机叮地一声

收到一条微信

一位优秀的小说家对我说

他要停笔了

生活太难

窗外

一辆汽车疾驰着呼啸而过

打破了书屋的宁静

此刻是下午三点五十分

我即将出门

正抓紧时间读一首诗

读舍伍德·安德森短篇小说《裸奔》

那个雨夜里裸奔的女子

对着另一个在雨夜中独行的男人喊道

等等我，不要走开

那个孤身的男人停下了脚步

她看清他是一个老头儿

心下一惊

摔倒在地

靠手和膝盖爬回了家

她的身体因为寒冷而瑟瑟发抖

手抖得连睡衣都穿不上

眼泪喷涌而出

她意识到

很多人注定要孤独地生活

孤独地死亡

而她青梅竹马的恋人

进城前

曾在铺满月光的草地上

对她说

无论发生什么

我们都要相依为命

她为此

空等了整个青春

仪式

天就要亮了
我还舍不得起床
我觉得起床是一种迎接仪式
只要我不起床
这一天就不能算开始

我在晚上总是舍不得入睡
我觉得睡觉是一种告别仪式
只要我还没睡
这一天就还没结束

在日复一日的纠结中
日子仍旧是过去了
原来
它并不在乎我的仪式

有时候

天空明明刚才还亮着

忽然间就暗了下来

那万丈光芒

不知从何时开始

悄然遁去

令人

猝不及防

世界万物像一瞬间失去了依靠

变得

黯然又无助

青花瓷

这一身的蓝底白梅

带给世人多少想象

有人以你为歌

有人为你作诗

有人为你写下

一个又一个百转千回的故事

你静默而立

一句话也不肯说

仿佛

这芸芸众生 这万千诗书

从来不曾有谁

猜中过

你的心事

捕露者

整整一个下午

我都在看康雪的诗集

不能算十分专注

因为这期间

我还为好几只股票

找到了买点

喊小 M 下楼活动

听一个文友诉说家长里短

但最终我还是

在那本绿皮书里

徘徊流连

每次我想合上书

总有一句诗行温柔地

抓着我的手

去打开下一页

兰

芦苇一样的叶子

草一样的花

小小的

毫不起眼

像一个貌不惊人的姑娘

因为对别人缺少威胁

而受到喜欢

一生低调

恰恰成就了另一种功名

四君子名单里

稳居其二

走

走在夜里

走在风里

走在街灯里

走在城市里

都不如

走在你的心里

等一首诗

诗歌被人冷落太久了

于是我时常

在厨房里读一首诗

一边读 一边等

等锅里的水沸腾

等烤箱预热至 180℃

等面粉发酵

也等一首诗在心里酝酿

发酵 膨胀

然后在俗世的烟火里

升腾起云烟

乡关何处

你不停流浪
每到一处就把它当作新的故乡
新故乡总是一个比一个繁华
也一个比一个容易被遗忘
有时你忽然记起某个生活过的城市
只是因为某个好看的男生或者
漂亮姑娘

出走半生，蓦然回望
新故乡的名单
列了好长好长

你终于安居下来
有了自己的田园和牧场
一个用来安放爱情
一个用来安放理想

在午夜时刻醒来
在心头萦绕的
始终是小时候那个偏僻贫穷
长满知了和虞美人的村庄

泥菩萨

众生匍匐在你的脚下
焚香 叩首
把心愿一一托付

人世的万千浮华
都在你的笑容前因心虚
而黯然失色

可是，你也有你的烦恼
只需一场不期而遇的大水
你就将归于尘土

姐姐

二十年后
你跋山涉水来到我身边
坐在我刚装修好的书房里
略显拘谨
像一个远道而来的客人

你把我的诗集捧在手心
小心翼翼地翻开
目光专注 充满关切
那眼神似曾相识
是你小时候照顾我的样子

你翻了半天
眼神渐渐变得迷茫
终于
你慢慢地靠近我
把诗集铺展在我面前，说
你能不能读一篇给我听
我想知道
你都写了什么

我望着被你拿得颠倒了的书页

就像看见了你本末倒置的人生

看见了小时候你背着我的日日夜夜

以及你为我放弃的

本可以更好的生活

亲爱的姐姐

这本诗集里只写了一个字

就是你在最美的年华里奉献过的

那些无私的爱

我帮你把书本轻轻地调转扶正

多希望也可以这样重新调转

你的人生

啥是佩琦

一年有四季
你从春天开始在村头张望
一直等到腊月寒冬
思念从盛开的百花
熬成了遍地的白雪

一年有十二个月
你从二月开始等候
一直等到来年二月
那三百多个日夜
每一寸光阴都是虚度

你记得每天刮过几阵狂风
你清楚有几次犬吠与鸡鸣
你夜夜数着绵羊入睡
直到那些数字变成
你头上的白发与脸上的皱纹

你终于等到儿孙归来的消息
你高兴得手足无措
问孙子想要什么礼物

你一定竭尽所能

直到孙子开口
我要佩琦
佩琦是啥
村里人不懂城里人的佩琦
爷爷不懂孙子的佩琦

可是
无论时空如何变幻
无论城里还是乡下
爱是我们共同的佩琦

父亲

我的父亲

是一个退伍军人

参军，失业，超生

历经贫穷与病痛

粮食随时被抢，牛羊随时被牵

这样的日子

持续了十八年

父亲的父亲

参加过抗美援朝战争

遭遇过土匪绑架

高兴地看着土地被瓜分

家产被充公

承认妹妹出嫁陪丫鬟

是封建主义糟粕

有了共产党

还怕没有饭吃

父亲的父亲曾对父亲说

从军队回来后

他们都没有退休金和医保

我的父亲

一生都在反美

一有空就教育他的子女

好好爱国

指着家中的门牌

上面写着

"光荣之家"

取经人

西行路上

你见庙烧香，见佛就拜

把水和食物分给穷人

把真知灼见说与掌权者

你播种善意，传播大爱

却一路被骗

像一个傻子被戏弄

他们冒充佛祖 冒充亲友 冒充爱人

偷走你的袈裟和坐骑

并嘲弄你的愚蠢

没有人在乎你是否虔诚

他们只是想吃你的肉

走过九九八十一道弯

你终于取到真经

那些取经路上的遭遇

成为你成佛路上必须的修行

流言

锋利、迅速
像一把飞刀
猝不及防

你捂着胸口，弯下身子
四处张望，寻觅
它飞来的方向

你的好朋友
站在身后
笑出了眼泪

昨天
你们刚刚拥抱着
交换过秘密

姑娘你问我什么是爱情

女人最好的投资不是自己吗

为什么杭州雷峰塔下

那条著名的白蛇

竟为爱放弃了千年修行

我觉得爱情有千百万种

每一种都不同

听说那白蛇曾摘了一朵花戴在头上

孤芳自赏

有个男人对她说真美

她就动了凡心

若是这世间无人

与你诉衷肠、共黄昏

修行万年又如何

成了神仙又如何

你看那蟾宫的嫦娥

美则美也，仙亦仙矣

也只有玉兔终日对坐

旧桃树

不记得

园中那株旧桃树

迎来了第几度花开

每一次

都生机蓬勃

如第一次绽放

桃花开时

总有人喜欢说

爱你如生命

直到

桃花落尽

带走所有的誓言

桃花落了

明年还会再开

爱过你的人

走了就不会再回来

认领

看云

看海

看世间繁华

在最好的年月里

择一段光阴来虚度

关照一根乱发的感受

给途经的每一片土地命名

赋予每一场苦难以特殊的意义

让所有失魂落魄的日子

让惊慌失措的你

因为有了认领

重新变得从容

献给大 M 和小 M

以及

所有爱我和我爱的人

（全书写于 2019 年——2022 年）